JN143169

自己肯定感を抱きしめて

命はかくも愛おしい

心理臨床家
高垣忠一郎
写真と文

新日本出版社

はじめに

花にとまった蝶《ちょう》の羽をつまんだ夢をみた
花にとまった蝶の羽を、そっとつまむように
ボクは心にとまったことばをそっとつまむ
でないと、飛んでいってしまうから
黄昏《たそがれ》の光のなかで
花にとまった蝶の羽をそっとつまんだ
蝶はにげなかった
なんだか不思議な感触だった
夢のなかの蝶はなんだったのか?
ボクは感じようとした
そして浮かんだことばをそっとつまむ
でないと飛び去ってしまいそうだから

ボクがカウンセラーとして人と向き合うとき、「あなたはだれですか？」という問いを心に抱いている。「あなたはだれですか？」とは「あなたはどういう物語を生きている主人公ですか？」という問いだ。

だから、ボクのカウンセリングの切り出しは「今日はどんなお話をなさいますか？」だ。そして、どういう感情をもって、クライエントと向き合っているかといえば、一言「連帯感」だといえる。ボクが庭に出て花や虫と出会うときも、あるいは里山を散歩して自然のなかのいろんな生きものや風や雲と出会うときも、いつの間にか似たような思いを抱いて歩いていることに気づく。

そう、「いま・ここ」を共に歩いている仲間みたいな気がする。自分の心がおのずからそうなっていることに気がつく。ボクの歩くまえを幼虫が這《は》いずって横切ろうとするとき、無意識に「危ないよ」と声が出る。葉っぱのかげに見知らぬ虫をみつけたら「オッ、こんなところにいたんだ」「おまえだれ？」と声が出る。

いつの間にか花や虫、木や雲に声をかける自分になってしまっている。いのちを共にして「いま・ここ」を歩いているみちづれのような気がする。そんな気分をこの拙《つたな》いフォトエッセイで少しでも分け合っていただけるならこれ以上の幸せはない。

二〇一八年六月

著　者

目次

はじめに 2

1 いま、ここにあるいのち 5

庭もまた小さな宇宙 6　一寸の虫にも 8　クマゼミのうた 9　一番気に入っている樹 10　生命の流れ 13　ゆりの花陰の惨劇 14　花はなぜ美しい 16　花は無心に 18　庭の酔芙蓉がこの夏 19　クモが編む宇宙 20　葉っぱ曼荼羅 22

2 里山を歩く 25

大空 26　ツバメのヒナよ 28　水滴は心臓の鼓動 29　里山のファンタジー 31　あの世に還っていく魂 32　里山、秋の訪れ 34　案山子は一人か 36　この木は立っている 38　ハル坊とのふれあいに思うこと 40　花を咲かせる 42

3 漂流の少年時代 45

自分はだれか 46　柱のきずは 47　学校はどんなところか 48　ルーツの喪失 50　ヤンマとりのチュウ 52　「化け猫」映画の思い出 55　「神様はいるがやきに」 56　飛田とじゅん子ちゃん 59　若きわれに 60　「勇歯」は倒れぬ 62　わたしのためにだけ 64

4 風の中に立つ 67

風立つ日　あの人も立つ　金曜日 68　「いま・ここ」に生きる 69　迷い込んだトンボ 70　枝にとまりて…… 72　ぞうさんの誇り 74　一日一日まっさらな自分 76　「いのちの実物」に還る 77　沈黙の壁の向こう側 78　内なるテロリスト 79

5 心が「澄む」ということ 81

「澄む」と「住む」と「済む」 82　自己肯定感は愛でふくらむ「浮袋」 83　心が澄むとき 84　苦があっても苦にならない境地 86　対馬で手に入れた地図 88　カウンセラーの仕事 90　理想と現実を結ぶもの 92　花は蝶に憧れ、蝶は花に還る 93

おわりに 94

1

いま、ここにあるいのち

庭もまた小さな宇宙

わが家の庭もひとつの生態系をなしている小さな宇宙である。虫や花の生まれ死ぬ連鎖の根底には目に見えない無数の微生物がいる。そして死んだ生きものたちの死骸《しがい》を無機物に変える。それによって循環的な生態系が成り立つ。この地球のシステムのうえにいのちの生態系がある。

この大きなシステムのうえに人間の社会が成り立っている。つまり、地球大気、生命系、人間社会という階層構造があり、そのなかにボクたちは生きている。いうまでもなく、人間社会は生きものの生態系とその大本《おおもと》になる地球大気によって支えられて成立している。それぞれは相互に循環しあっている。その社会のシステムが、人間の欲望によって牛耳られていると、どうなるか？

庭の生きものたちと向き合っていると、そのことを問われているように感じる。この小さな宇宙と向き合っていると、シーンと静まりかえった「いま・ここ」を深く感じられる。

一寸の虫にも

「一寸の虫にも五分の魂」っていうけれど、君は一分（三ミリ）の大きさしかない。でも、不思議な模様の入った黒光りする立派な背中でボクの目を惹《ひ》きつける。

偉大な芸術家である自然は、庭のキャンバスにどんな造形を描いて見せてくれるのだろう？　いつも心をワクワクさせ、キョロキョロ周囲を見回しながら、ゆっくりと歩く。ボクたち人間は、偉大な師匠の邪魔にならないように助手としてちょっぴりお手伝いをさせていただきながら、その創造の実りと美しさをしっかり守り、味わわせていただく。それが天から与えられた使命なのではないか。ねえ風さん。そうではないですか？　あなたどう思いますか？

クマゼミのうた

クマゼミのオスは全身を震わせて愛の歌を歌い上げメスを呼ぶ。シャンシャンシャンシャン……。ボクはいつも思う。このオスの「声」はメスの耳(?)にはどのように聞こえるのだろうか? メスの体にどのように響いているのだろうか?

その「声」に誘われて一匹のメスが飛びきたり、間合いをはかるかのように近づく。やがてV字型に体を重ね交尾をはじめる。それまでの動きとはうって変わって、二匹はシーンと静まり返り瞑想《めいそう》に入ったかのごとく微動だにしない。なんと崇高《すうこう》なまぐわいか? インドのカジュラホの寺院でみたミトゥナの像のように、愛の営みに集中している。それはまさに祈りそのものである。

一番気に入っている樹

ボクはこの樹が一番気に入っている。庭に出ると、この樹の下に立って梢《こずえ》や葉っぱを見上げる。陽の光に透き通った薄緑の葉が、風にゆれ、その向こうに青空と白い雲が見え隠れする様子を眺めるのが好きだ。

やっと最近、花が開いた。開いたといっても小さな幼児が両手をすぼめて合わせたような花だ。淡く優しい黄色の花弁を風に震わせ、やがて時を経て花弁は風に吹き流された小舟のように舞い落ちてくる。なんと優しい季節なのだろうか。生きものたちが愛おしくなる季節だ。

ボクはモクレンだと思っているが、モクレンといえば、赤紫の花を咲かせるシモクレンと白い花を咲かせるハクモクレンを一般にモクレンというらしいので、よくわからない。でもおそらくモクレンの仲間ではないかと思う。まあ、何でもいい。この樹のたたずまいと、やさしい黄色の花が好きなのだ。夏になると、クマゼミやアブラゼミなどの虫たちが遊びにやってくる樹である。

生命の流れ

動物というものは、たとえば魚や鳥のように、子どもを産む場所と、餌をとる場所とがハッキリわかれている。半生をずっと餌場ですごし、そのあとは死を賭《と》して故郷へ子どもをつくるために帰っていく。彼らは地球規模の振子運動をしているようにみえる。

生命《いのち》というものは、ちゃんと「食の相」と「性の相」とがわかれていて、その相が季節の流れにのって交代してゆく。個体の維持から種族の維持へと生きざまが変わっていく。春から夏にかけての成長し繁茂する季節、そして、秋からの黄金の実り、結実の季節というように。

人間の一生にもそういう「季節」があるように思う。ボクたち都会人は科学をつかった生産技術によって、一年中食べたいものが食べられるようになっているから、その辺の感覚がうすれ、生命の流れというものにとても疎《うと》くなっている。ボクはそういう「生命の循環する姿」に歳老いてまた近づきたいがために、里山を散歩しているのかなとふと気づいた。

ゆりの花陰の惨劇

こういう光景こそ子どもたちに見せてやりたい。自然の摂理の厳しさと愛おしさを教えてやりたい。こういう光景を目撃し、その意味を噛《か》みしめないと慈悲の心はわからないだろう。毎朝、ゆりの花を覗《のぞ》き込み、その姿を求めた小さなカマキリが、ある日、あるとき、クモの餌食になっている残酷な姿を目撃する。

ああ、なんということだ！　ボクの友だちがひどい目にあった。友だちを殺したクモを憎む。そいつをひねりつぶしてやりたくなる。だが、クモは好きで友だちを殺したわけではない。己が生きていくために、食っていくために殺したのだ。友だちのカマキリだって、もう二カ月もすれば、一人前のおとなのカマキリになって、その大きな斧《おの》をふるって、ひと夏のはかない命を生きる愛しいセミを押さえつけ、その頭を齧《かじ》るのだ。

そのとき、ボクはカマキリを殴り殺したくなる。けっしてクモが加害者でカマキリが被害者なのではない。カマキリもまた生きていくために、セミを殺し、その命を齧るのだ。

花はなぜ美しい

ボクは花を見るたびにいつも不思議に思うことがある。どうして花はこんなに美しいのだろうか？　どうして自然は人間の目にこんなに美しく映るように花を創ったのだろうか？

花の役目は生殖器。自分に寄ってくる昆虫に花粉を運ばせることである。だったら、昆虫を惹きつける働きをすればいいだけで、何も人間の目を喜ばせる必要はない。昆虫の目に花がこんなに美しく映っているとは思えない。他の「感覚」に訴えて昆虫を呼び寄せているのだろう。だったら、花がこんなに美しくある必要はないはずだ。

太古の花、大昔の花はこんなに美しくなかったのだろうか？　花の栽培に人間の手が入り始めてから、花は人間好みの美しさを獲得するようになってきたのだろうか？　人間の目に美しく見える花を咲かせる植物のほうが有利に繁殖してきたのかもしれないなあ。きっとそういう面があるにちがいない。花を咲かせる植物にとって、人間の手を借りたほうが、自分たちの繁殖に有利にちがいないからだ。だったら、人間の目に魅力的な花をつけたほうが、繁殖に有利になるはずだ。

でも、昆虫たちはそれで満足するのだろうか？　あるいは、花を美しく見るような人間の視覚の進化が、人間の自然界への適応にとって有利に働いたのだろうか？　花を美しく見る人間の方が自然界、あるいは人間のつくった社会によりよく適応し、有利に子孫を繁殖させることができたのだろうか？　人間好みの花たちを昆虫たちはどう「感じて」いるのだろうか？　ボクはいつも不思議に思う。花と人間の付き合いについて研究すれば、それだけで一生を費やしそうだ。とても魅力的なテーマである。

花は無心に

花無心に蝶を招き
蝶無心に花をたずね
花開くとき蝶来たり
蝶来たるとき花開く

（良寛の漢詩の書き下し）

死の側より照明《てら》せばことにかがやきて　ひたくれなゐの
生ならずやも
老いてなほ艶《えん》とよぶべきものありや　花は始めも終りも
よろし

（斎藤　史）

かたわらで息をするだけでかき消えてしまうような。
蝶と花とが見せてくれたひとときの愛のファンタジー

庭の酔芙蓉がこの夏

庭の酔芙蓉《すいふよう》が、この夏初めての花をつけた。毎年のように真っ白な雪のような肌だ。その肌が陽光に染まり、酔うほどに紅色を濃くしていく。夕暮れ時ともなれば、妖艶《ようえん》な美しさをみせる。酔芙蓉とはよく名付けたものだ。

散歩に出かけた。木々に出会うたびに見上げる。陽光を透して透明感を帯びた緑の部分と、光のあたらぬ陰になった緑の部分とのコントラストが美しい。

クモが編む宇宙

まばゆい陽光のなか、クモが自分の宇宙をつくりあげていた。クモはいま中心にいるけれど、太陽の周りを回りつづける地球のように、何度も何度も回り続け、宇宙を編み上げていた。そのまばゆい美しさに長い間見とれていたよ。陽光に輝くクモの姿が神様に見えたよ。

葉っぱ曼荼羅

仏教では「煩悩《ぼんのう》は迷いから来ている」という。

人はこの一つの「個体」を一つの「生命単位」、たとえば「高垣忠一郎」という生命単位だと思っている。それぞれに別の「生命体」だと思っている。これがそもそもの迷いだというわけだ。この世にはたくさんのいのちがあると思うのが、そもそもの間違いなのだという。

本当のところは、地球には、宇宙にはいのちはたった一つ、まるごとのいのちはたった一つしかないのだ。「阿弥陀仏」という「無量寿《むりょうじゅ》の大きないのち」がたった一つだけある。その「阿弥陀仏」の営みの現れが、一人ひとりの人間なのだ。

そのことをボクと同年齢のある小児科医は「葉っぱのフレディ」にたとえて言っている。大きな楓《かえで》の木が一本あって、これに何千枚という「葉っぱ」が付いている。その葉っぱの一枚がフレディだ。そしてフレディは一年足らずの一つの生命《いのち》を生きていると思っている。でもそうではない。フレディに一つの生命があるのではなく、フレディの存在は大きな楓の木の生命の営みの現れだ。

楓の木全体が一つの生命なのだ。他の葉っぱについても同じなのだ。それぞれの葉っぱ一つずつの生命を生きているのではない。にもかかわらず、その事実に反してそれぞれの葉っぱが、それぞれ一つの生命を生きている「個」だと勘違いしている。つまり「迷って」いる。だから、フレディは他の葉っぱよりも高いところに住んで、多くの新鮮な空気や光が欲しいと欲をだし、あの葉が光を受ける邪魔をしていると不平をもったり、間もなく冬が来ると落葉して死んでしまうと心配したりする。自分は葉っぱの生命を生きているのではない。楓の木そのものだとわかれば、そんな心配や不平は起こりようがないというわけだ。

2　里山を歩く

大空

あおい大空こそは　わがふるさと
幼いころの目に映った　広さがそのまま　そこにある
幼い日の憧れにも似た　明るみがそのまま　そこにある
幼い日のながい午後　ふと仰ぎみた　爪のような新月の匂いが　そこにある
そしてみつめてもみつめても　つかみきれぬ深さの　安心しきれる存在が　そこにある
（内山興正《こうしょう》『正法眼蔵――生死を味わう』より）

大学時代、ボクは、当時、京都市北山にあった安泰寺《あんたいじ》（一九七六年に兵庫県に移転）というお寺に「接心」に行ったことがある。接心とは座禅をひたすら繰り返す修行である。その時、坊さんに「初めて接心に来て五日間座り通したやつはおらん」とほめてもらった。

その時ボクはまだこの坊さんが内山興正という高名な老師であることを知らなかった。講演のテープや著書を通して今は亡き老師と出会い直し、あらためてそのことばと思想の深さに学ぶところが多い。

ツバメのヒナよ

ボクは、ツバメに呼びかける。

ツバメのヒナよ
おまえはやがて空中に身を投げ出す
そのときおまえは恐れるだろうか
おまえは死ぬほどの恐怖を振り切って
身を投げ出すのだろうか
だが　おまえが身を投げ出すとき
大空を翔《かけ》る自由がおまえを待っている
天地いっぱいのいのちのままに

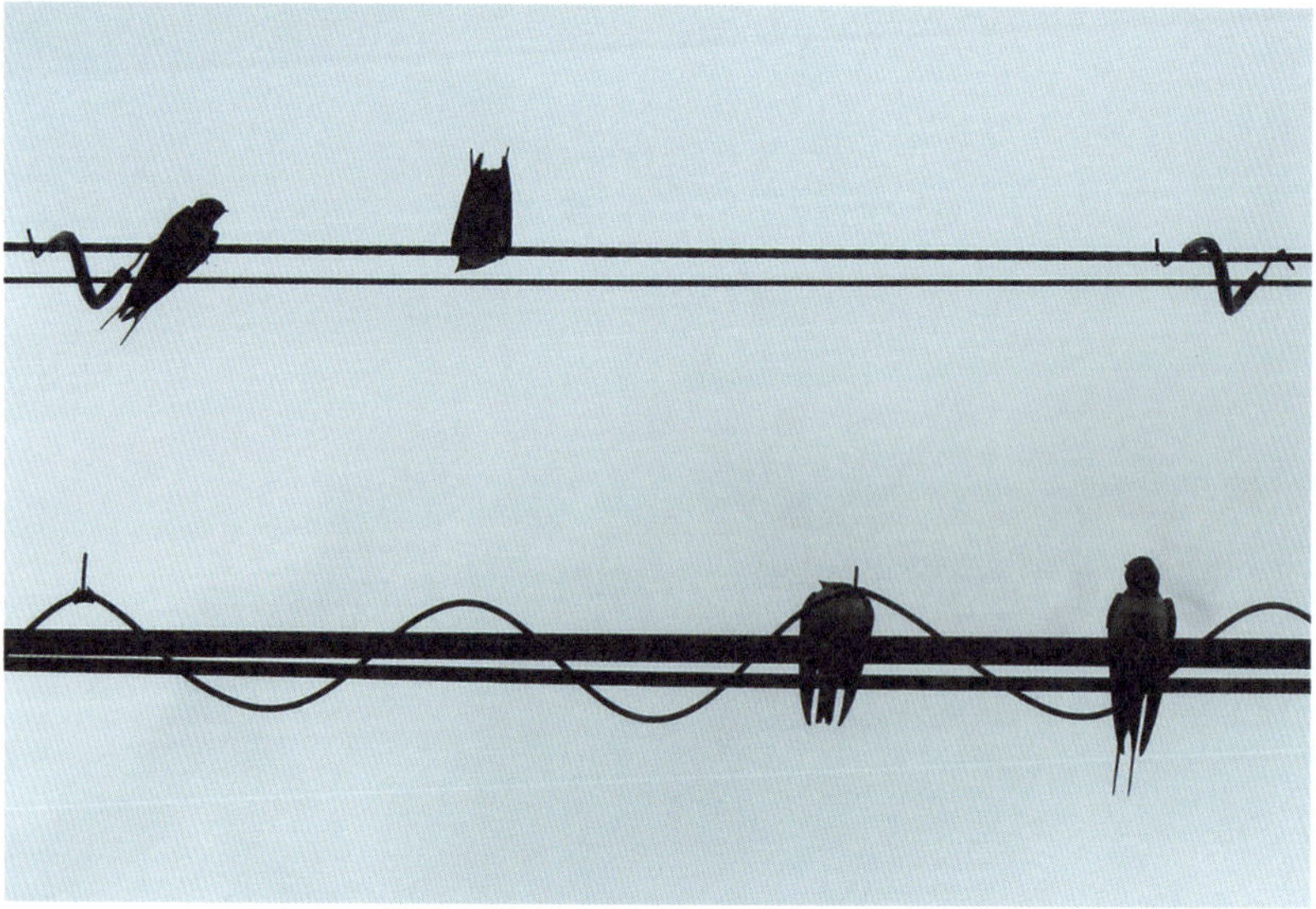

水滴は心臓の鼓動

終戦記念日をはさんだ盆明けの今朝、庭のノウゼンカズラが雨を含んで瑞々《みずみず》しく再生していた。散歩にでかけた。

空気はひんやりと、風は爽やかでとても気持ちのよい里山のたたずまいだった。月読《つきよみ》神社にお参りした。お手水場《ちょうずば》でぽたぽたと落ちる水滴が柄《ひ》杓《しゃく》に溜まるのを待つ。そのリズムは心臓の鼓動と同じものだった。

里山のファンタジー

里山にはいろんな楽しみがある。季節によってちがうけれど、ドキドキ、ワクワクしながら歩くのだ。森羅万象が万華鏡のように日々刻々ちがった表情をみせてくれる。二度と同じ姿をみせてくれない。

ボクがとくに心を惹《ひ》かれるもののひとつが蜘蛛《くも》の巣だ。心が蝶のように蜘蛛の巣に引っかかり、その美しさに魅入られて身動きできなくなるときがある。

それは、出会う時刻や陽光の差し込み具合によって変幻する光の芸術を創り出す。光が蜘蛛の巣の糸にあたり、虹色に輝く。ハッと気がついたボクは、それをカメラに収めようとして、いろんな角度からシャッターを切る。ときには、ファンタスティックな世界に迷い込み、ファインダー越しに木の枝が森の妖精《ようせい》のようにみえることもある。ボクを誘うように、手を差し伸べているようにみえることもある。立ち去りがたい瞬間だ。

あの世に還っていく魂

田んぼのあぜ道を歩くと、いくつもの小さなものがピョコピョコとこちら側からあちら側へと横切る。よく見ると小さなカエルだ。

お盆が終わって、あの世に還っていった死者たちの魂を連想した。道にはカエルが白い腹をみせて横たわっていたり、頭と胴体とが引きちぎられた蟬《せみ》の亡骸《なきがら》が転がっていたり、人間だったら大変なことになる光景に出会う。

今朝の里山の緑は落ち着き沈んだ色合いで、深みがあり陽光に輝く緑とはまた違った趣があった。ボクの心の波長には合っているような気がした。

暑い日差しのもとで蒸発していないせいか、里山の香りが水を含んだ辺りの空気に包まれて漂っていた。その香りも落ち着きを与えてくれる。

お祭りが終わり、日常の現実に帰っていく間奏曲としては、なんだかうってつけの雨あがりの里山の風情である。

里山、秋の訪れ

里山の風はめっきり涼しさを増し、赤とんぼの姿が目にとまる。猛暑の夏の勢いも少し衰え始め、里山には一足早く秋がやってきているのかな。蜩しぐれの喧《かまびす》しかった熱い夏にも、いよいよ「さようなら」が近づいたかなと思うと、さみしい気持ちが生じてくる。

道端によく見かける蟬の亡骸《なきがら》を見るたびに、無事に相方をみつけて子孫を残すことができたのかなと、尋ねたい気持ちになる。散歩のたびに眺める池のほとりに咲いていた待宵草たちが、名残の雨滴を含んで少し疲れた風情で小首をかしげている。その黄色が愛おしい。見上げれば、電線にたくさんのツバメたちが羽を休めている。飛び立つときは一斉に飛び立ち、池の上を乱舞し、ときに池の面に急降下して水しぶきを立てて虫を取る。カアッという声に彼方《かなた》をみれば、電柱天辺にカラスが一羽、悠々と止まっている。

案山子は一人か

案山子《かかし》さん
あなたは一本足で立っている
武器をもって走り回らない
あなたは黙って立っている
大声あげて敵を脅さない
あなたは一人だ
でも「独り」ではない
あなたは結界を張り
大切なものを護《まも》っている
あなたは大切な使命と共にある
あなたは実りを護る
多くの人が実りを授かる
多くの人があなたと共にある
だからあなたは決して孤独ではない

ボクはあなたを愛する

この木は立っている

この木は
ボクがカウンセラーとして通う病院の隣にある公園に立っている。
この木をみると
いつも心がスッキリと落ち着く。
公園では子どもや若者たちと
キャッチボールや球けりや、相撲や
コマ回しをして遊んできた。
横揺れする魔球を投げる中学生がいた。
魔球ではなく実はボクの眼球が揺れていたのだ。
頻発する地震に共揺れしたのか、めまいが続いた時期があったのだ。
カウンセラーのボクは、クライエントの物語

の見守り役だった。
そして、この木はそのボクをずっと見守ってくれた。
監視の目ばかりに取り巻かれて
きゅうくつになる一方の世界で
あなたのように見守ってくれる存在は、とても　とても　とても貴重だ。
四〇年間　ありがとう。
命の限り元気で立ち続けていてほしい。

そしてもう一人、ボクを見守ってくださる観音さま。カウンセリング中にふと見上げることもある。
カウンセリングルームの壁に飾ったこの絵は、人間国宝・松久朋琳《まつひさはうりん》氏の手によるものである。

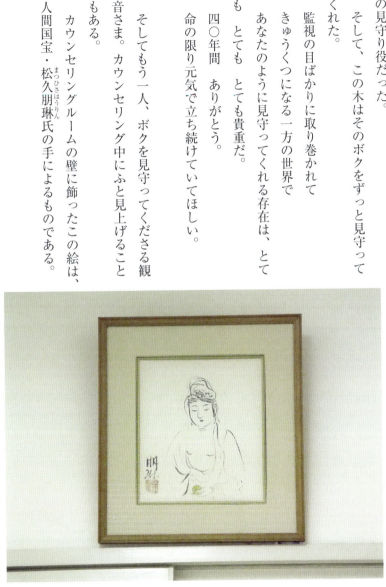

ハル坊とのふれあいに思うこと

ハル坊は我が家の愛猫。「箱入り息子」の彼は、玄関のチャイムが鳴るだけで、慌ててこたつの中に逃げ込む。えさを求めたり、相手をしてほしかったりすると、膝に手をのせてくる。そのとき「いのち」と「いのち」の交流を感じる。大きな「のっぺらぼうのいのち」が、「ボク」と「ハル坊」というふたつの「まとまり方」をしている。

人間の「ボク」というひとつの「まとまり方」をしている「いのち」と、猫の「ハル坊」というひとつの「まとまり方」をしているいのちが、仲良くじゃれ合い、交流している。交流し合うためには、互いが別々の「まとまりをもったいのち」でなければならない。

大きな「のっぺらぼうのいのち」が一つだけあっても、交わることはできないのだから。別々の「まとまりをもったいのち」同士だから、互いに交流し愛おしみ合うこともできる。ボクはそう感じる。

そしてそのことが、「のっぺらぼうの大きないのち」が自らを分けて、別々の小さな「まとまりをもったいのち」を現した「わけ」であるのだと感じる。自らの「分けいのち」である小さな「まとまりをもったいのち」同士が争い合うことなく、互いに仲良く交流することが、大きな「のっぺらぼうのいのち」の望むことなのだろうとボクは感じる。

形なき「のっぺらぼう（無相）」の「いのち」という名の働きは、庭に咲く花やその間を飛び交うハチや、ボクのそばに寝そべる愛猫のハル坊というひとつひとつの「まとまり」をつくり出し、その姿（相）を通じて自らを現しているのだろう。

花を咲かせる

セックスは、死を超えることのできない生命が、死を超えようとする死にものぐるいの営みなのではないか。

「茶の木」は自分の生命に栄養を十分に与えられて生きられる間は、花を咲かせないらしい。一つの生命の死の予感が花を咲かせて死を超えようとする。

花とは植物の生殖器である。と同時に、植物の栄養を大量に消費するものだそうだ。肥料を吸収しつづけた「茶の木」が老化して、もはや吸収力を失ったとき、一斉に花を揃《そろ》えるというのだが、実に興味深い。

3 漂流の少年時代

自分はだれか

ボクは、二十歳のころから「自分はだれなのか」という問いにとりつかれていた。M・エンデ作『サーカス物語』（矢川澄子訳、岩波書店）の中でしがないサーカスのピエロ役「ジョジョ」が唄うこの唄は、心に響く。

どこからきたかわかったぞ
どこへ行くかもわかったぞ
もとめるものをたずねあて
自分がだれかもわかったぞ
とうとうきみが見つかった
ぼくのいのちもぼくさえも
すべてはきみにあったのだ……

柱のきずは

柱のきずはおととしの
五月五日の背くらべ
ちまき　たべたべ　にいさんが
計ってくれた　背のたけ

自分の成長の跡を柱にきざみ、その柱の傷の残っている家に、おとなになってからも住んでいる人が、日本にはどれだけいるのだろうか？　ボクは幼少期から家を転々としているので、もちろんない。幼馴染《おさななじみ》という友もいない。子ども時代のみちづれとして共に育ってきた友もいない。子ども時代からの成長の跡を、ボクたちはどうやって確認するのだろうか？

おびただしい数の写真やビデオを撮ってもらっている子どももいるだろうが、それが成長の跡となるわけではない。

「お前あの時こうだったな」「お前もああだった」と、それを証言してくれる眼差しと口がないと……。

フェイスブックに証言してもらうのか？　……まさかね。

学校はどんなところか

ボクは小学校を三回変わり、四つの小学校に通った。最初に入学した高知の小学校は一年も行かずに、大阪に引っ越した。朝鮮戦争の始まる一九五〇年のことだった。遠い昔のことで、ほとんど記憶にはない。それでも最初の給食で食べたキャベツ炒めの味は忘れられない。

学校ってただ「お勉強する」だけのところではないのだよね。人生の「ある時期を生きた」ところなのだ。ボクにとっては、アメリカ占領下らしく「ドル」という名前の犬と過ごした、人生の一時期だった。それはボクの人格の大事な一部である。

たまたま高知を訪れていてその小学校が他の小学校と統廃合してなくなることを知ったとき、ボクはタクシーの運転手さんに頼んで、六十数年ぶりにおぼろげな記憶のかなたにある母校の姿をこの目に焼き付けるために駆けつけた。常日頃はまったく意識することはなかったが、心の深いところにちゃんと根をはっていたようだ。

ルーツの喪失

いま、京都でも小・中学校の統廃合が大きな問題になっている。学校にかけるカネを削るために、いくつかの学校を一つにまとめようというわけである。

その際「小中一貫教育」が口実にされることが少なくない。小学校と中学校を合体させ、小学生を中学校の競争システムのなかに少しでも早く引っ張りあげようという魂胆のように感じる。そんなことのために、学校をつぶしてしまう感性が寂しい。

中国の愚かなお百姓の寓話《ぐうわ》を連想する。毎日田んぼに出かけては「ああ疲れた」と帰ってくるお百姓がいた。不審に思った人が後をつけてみると、早くイネを成長させたくて一生懸命苗を引っ張り上げていた。可哀想に苗は根があがってしまってみんな枯れてしまった。

そんなお話である。まだ苗のような小学生の間は、しっかりと人格の根をはることが大事であろう。そのことをおろそかにして、ただ上に伸ばそうと引っ張りあげることは、この愚かなお百姓と同じ真似をすることだ。

頭でっかちになった現代人は、頭の出来具合ばかりを考えて、腹をわすれているのではないだろうか。頭が少々賢くても、腹の据わらない人間は、大したことはできない。脳のない生きものはいても、内臓のない生きものはいない。脳は生きものにとって新参者にすぎない。ルーツは内臓

（腹）にあるのだよ。

ヤンマとりのチュウ

久し振りに空を飛ぶラッポーをみつけた。

左の写真の真ん中に空高く飛ぶ「ラッポー」が見えるかな?

昔、少年はギンヤンマのことを「ラッポー」と呼び、さらに縮めて「ラー」と呼んだ。夏の夕暮れ、原っぱにでていくと、夕焼け空をラッポーが飛んでくる。

飛び方のいちばん美しいトンボだ。緑色の体をした美しいトンボだ。

少年は憧れた。少年は目ざとい。

「アッ! ラーや」。

少年の手には糸の両端に小石を結び付けたしかけが握られている。ラーが頭上に差し掛かった頃合いを見計らって、「ホーイ、ラー」と呼びかけながら仕掛けを空中に投げあげる。仕掛けは放物線を描く。小石を虫と勘違いしたラーが接近する。

上から落ちてきた仕掛けの糸がラーの羽に絡まり、ラーは地上に落ちてくる。それを捕まえる。

昔、そんな遊び文化があった。

少年は名手だった。「ヤンマとりのチュウ」と呼ばれた。

ひと夏、ラッポーを相手に夢中になって遊んだ。そのとき少年は自分の時間の主人公だった。

「化け猫」映画の思い出

昔、子どもの頃、お盆になると映画館に三本立てでかかる「幽霊・化け猫」映画をよく観に行った。ボクはとりわけ「化け猫」映画の大ファンだった。

ご主人さまの仇《かたき》をとるために、美しい御殿《ごてん》女中に化けた猫が悪者侍を手玉にとる。行灯《あんどん》の火に照らされて御殿の障子に映る美しい女中の影。その影にニョキニョキと大きな耳が生える。そして、行灯の油をペロペロなめる。その影を庭から恐る恐るうかがう侍。その気配を察知した化け猫女中がガラリと障子をあけ、「見たであろ〜う〜が〜！」と振り返る。その口は真っ赤に耳まで裂けている……。もうこの場面が大好きで、オシッコちびりそうになるぐらいビビッた。

この場面を見たいがために「化け猫」映画を観にいったようなものだった。その後のボクには恐いもの見たさか、人間のなかに隠された「妖怪《ようかい》」を見てしまうスリルとサスペンスを生きているようなところがどこかにある。あくまでも、「どこかにある」という伏流であって、もちろん「優しさ」や「勇気」を発見したいというのが主流なのだが。

「神様はいるがやきに」

ボクは幼児の頃に、自宅の二階の部屋で、黒眼鏡をかけて走り回っていて勢いあまって低い窓を越えて前の路上に墜落した。両親は「ああ、もうだめだ！」と思ったという。だが幸いにも頭蓋骨《ずがいこつ》にヒビが入っただけで奇跡的に助かった。だからこれを書くボクがいる。

祖母がよくボクに言い聞かせてくれた。「お守りが、おまえの頭の代わりに割れてくれたのだよ。だからおまえの命は助かったのだよ」と。ボクは以来、周囲のひとに「神様はいるがやきに」とことあるごとに話していたそうな。

その話を古希も越えたいまになって、しみじみ思いかえすことがある。そのエピソードがとても意味深いものに思えてくる。

「黒眼鏡」をかけて、狭い部屋のなかを走り回っていたボクには部屋のなかが薄暗くしか見えなかっただろう。だから、窓から飛び出してしまったのだ。越えてはいけない境界を越えて墜落した。だがそれゆえに神様に救われた。

「黒眼鏡」はボクの「自我」（エゴ）を象徴する。煩悩に満ちたエゴを身に着けて狭い世界を走り回っているボクは「無明《むみょう》」の世界にいる。その世界では物事がよく見えないままに走り回っている。そして、境界を越えて飛び出し、墜落して奇跡的に神様によって救われる。それは、その後のボクの人生を象徴しているようにも思える。

「神様」は「サムシンググレート」であり、「大きないのち」であり、「愛」を指す。写真は、胸に大きなお守りをぶら下げたボク（左）。

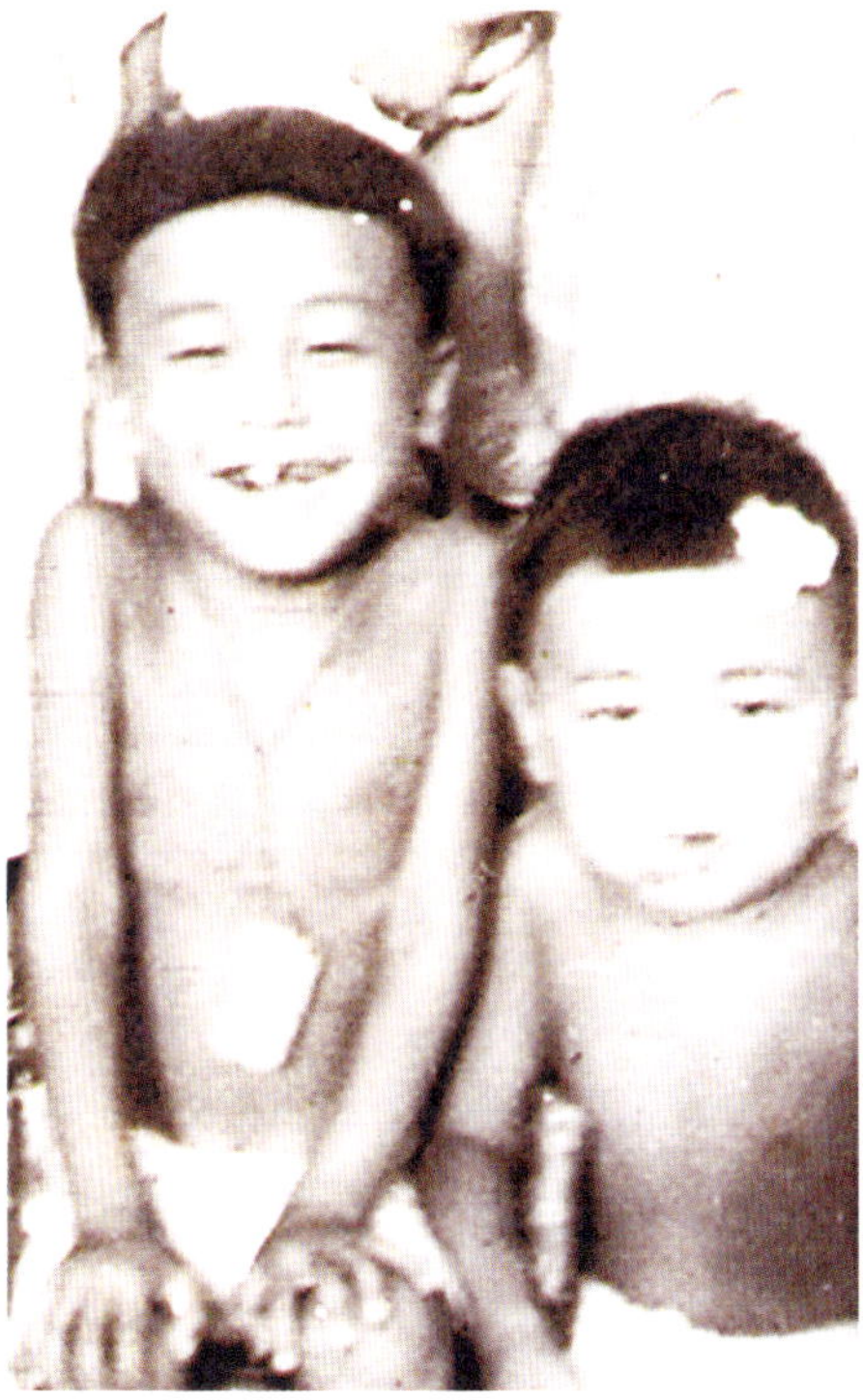

飛田とじゅん子ちゃん

ボクは高知の街で生まれた。戦後まもなく大火事で焼け出されて、小学校一年生のときに大阪に転居して初めて住みついたのが阿倍野《あべの》区の長屋だった。すぐ下に降りてゆくと飛田新地《とびたしんち》という有名な遊郭があり、そのいちばん近くの小学校に通うことになった。

長屋の近くに「パンパン小屋」があり、アメリカの進駐軍の兵隊たちに春をひさぐ娼婦《しょうふ》たちの嬌声《きょうせい》を聞き、乱れた姿を目にすることができるところだった。ボクはそこに三年間住んだ。

長屋の隣に住む「じゅん子」ちゃんという一つ年上の女の子にとても惹かれ、ある夏の夜に彼女のもつ線香花火にふるえる手で初めて火をつけたことを思い出す。炎の灯りのなかに浮かび上がったじゅん子ちゃんの婉然《えんぜん》たる笑みが、いまだに鮮やかに浮かび上がってくる。その長屋もジェーン台風で吹き飛ばされ、「じゅん子」ちゃんとも別れ別れになってしまった。

彼女はとても目の綺麗《きれい》な美しい少女だったので、写真家が撮った彼女の写真が阿倍野の近鉄百貨店に飾られていた。彼女がひっこしたあと、ボクは彼女に会うためによくその写真を見にいった。まだ幼い「じゅん子」ちゃんという異性を通じて、ボクは求めてやまぬ「この世ならぬ幻のような影像」を見はじめていたのだろう。うす紫の月見草。夢幻の世界にじゅん子ちゃんを思い出す。

若きわれに

若きわれに
出会いなおして
気になった
おまえは俺を
どう思ったかな?

年老いた自分が、過去の若い頃の自分をふりかえり、その頃の写真や書いたものを見ながら、一生懸命にやってはきたが、経験不足でいろんなことが見えていなかったなと未熟だった自分を懐かしがりながらも、上から目線で評価している。

だが、ふと目線が逆転したとき、「過去の自分は今の自分をどう思うだろうか?」という問いの前に立たされる。過去の自分は今の自分に見られるだけの客体ではない。過去の自分もまた今の自分に対して強いまなざしを向けていることにハッと気づかされた。

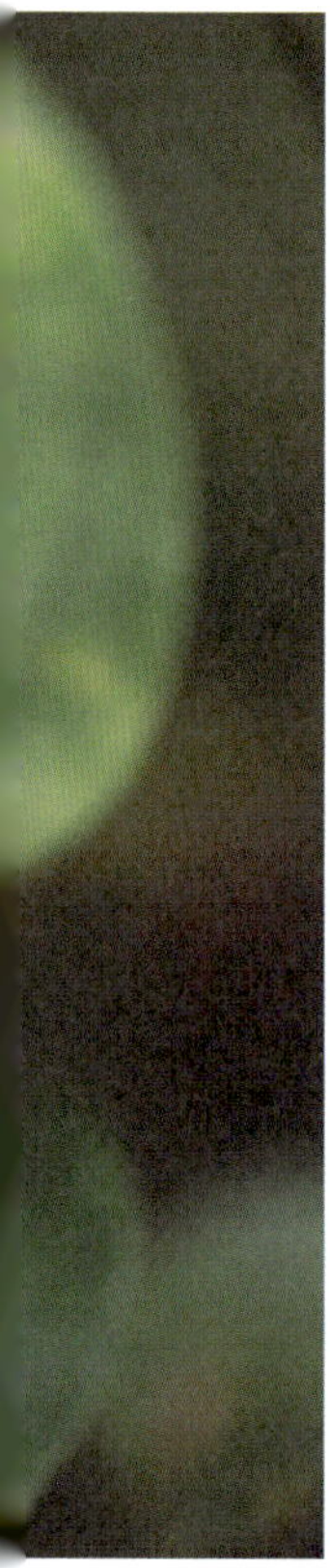

「勇歯」は倒れぬ

今朝、固いパンを食べていたら、口のなかでポロッと何かがこぼれおちた。

取り出してみると一本の歯であった。

「おお！　なんとしたことか！」上の一番前の門歯であった。それを摘まんで、しばし見つめていた。戦友が毀《こわ》れ落ちたような気がした。四十数年前、「大学紛争」で荒れていたころ、鉄パイプで突かれて傷ついた「勇歯」の接ぎ歯であった。※そいつが、ついに口のなかに毀れ落ちた。しばらくは歯抜けの面を社会に晒《さら》して生きることになりそうだ。

あんまり大きな口を開けて笑えない。

でも笑ってやりたいと思う。ワッハハハハ。

ひとつをうしなうことなしに
別個の風景にはいってゆけない。
大きな喪失にたえてのみ
あたらしい世界がひらける。

（真壁　仁「峠」より）

朽ちた樹に新しい芽が育ってきている。
里山で出会った喪失と再生。

※京大「バレンタイン未明闘争事件」重軽傷者二〇〇人以上と『京大史記』にはある。

わたしのためにだけ

旅の終わりに

流れ流れて　さすらう旅は
きょうは函館　あしたは釧路
希望も恋も　忘れた俺の
肩につめたい　夜の雨
（歌・冠二郎、作詞・立原岬、作曲・菊池俊輔）

ボクはこの歌が好き。飲んで歌うときはほとんど必ずこの歌を歌う。
写真の柿のへたは、旅の終わりを連想させる。釧路といえば、『挽歌』（新潮文庫）。原田康子の小説だ。彼女の『挽歌』のなかに次のような場面がある。

「街中の音は絶えている。でも商店の鎧戸《よろいど》は全部開き、店先には靴や毛糸やトランク、果物、ドレス、家具、パンなどいつもよりずっと豊富に商品がならんでいる。明るい、透明な陽が街路にふりそそぎ、その街路には誰も通ってはいない。わたしだけをのぞいて。なぜなら、その日はわたしだけのお祭りだからだ。旗はわたしのためにだけ鳴り、風船はわたしのためにだけ空にあがるのだ。」

釧路の街を歩きながら、ヒロインがそう思う場面がある。ボクはその場面に立ち止まった。

「その日はわたしだけのお祭りだからだ。旗はわたしのためにだけ鳴り、風船はわたしのためにだけ空にあがるのだ。」

写真の花の名は、アガパンサス。アガペー（愛）のパンサス（花）とはよく名付けたものだ。

4　風の中に立つ

風立つ日　あの人も立つ　金曜日

ボクは毎週、大阪の病院の精神科に通う。カウンセラーとして。

沿線の最寄り駅の街頭に立ち『ビッグイシュー』（ホームレスの人を支援する雑誌。一冊三五〇円。そのうち一八〇円がホームレスの販売人の収入になる）を売っている方がいる。

今日は朝から風のきつい日だった。病院にいく沿線の最寄りの駅の街頭に、「あのひと」は今日もやはり立っていた。まだ、新しい『ビッグイシュー』は出ていなかった。バックナンバーの中からまだ読んでいない（だろう）ものを選んで三冊買った。

金曜日のボクは白衣を着て、人の前に座る。カウンセラーとして。クライエントのこころの中で何かが「さようなら」をするのを見届ける。そのときボクは「白衣《びゃくえ》」の旅の僧になる。

「いま・ここ」に生きる

帰りの電車の中で向かいに座っている女性がさかんににたにたと笑う。何か「思い出し笑い」をしているようだ。彼女は「いま・ここ」の現場におらず、頭の中にのみ現出する「過去」のなかにいる。

もし、ワンちゃんやネコちゃんがボクの目の前で「ニタニタ」笑ったらギョッとして気持ちが悪いにちがいない。他の生きものは「いま・ここ」の現場で生きる。頭の中につくられたありもしない世界のなかで生きることはない。生きることの実物は「いま・ここ」だ。

人間だけが「いま・ここ」という生の現場から舞い上がり、頭の作り出した観念やイメージの世界で生きることが可能である。これは諸刃《もろは》の刃《やいば》だ。

「俺が・私が」というのもそういう世界だ。つくりものの言葉という約束事で張り巡らされた世界に適応するために内面につくられたアダプター。それが「自我（エゴ）」という装置だ。そいつは「いま・ここ」という現場よりも、しばしば頭のなかの世界に生きる。だから、人間はしばしば自分が「生きもの」であることを忘れる。そして俺たち人間は特別な存在だと、偉そうに尊大な態度で周りを睥睨《へいげい》する。

迷い込んだトンボ

病院でカウンセリングの日。いつものように快速電車にのり座席に座った。三つ目の停車駅で座っている側の扉が開いて、一陣の風と共に電車の中に飛び込んできたものがいた。一匹のトンボだ。

トンボはシオカラトンボ。彼はパニックを起こしたのか、反対側の扉の辺りを出口もとめて滅茶苦茶に飛び交う。でもそちら側の扉はだいぶん先の駅でしか開かない。疲れたトンボは下に落っこちたり、薄い凸部に止まったり、間歇《かんけつ》的にバタバタしたり、ボクは気を揉みながらその姿を目で追っかける。

途中の駅で乗り込んでくる人間は、何やら飛び交うものに驚くが、トンボだとわかれば、それからはまったくの無関心だ。そう、見事な「無関

心」ぶりをどなたも示される。それでもまだ、新聞紙ではたき落としたり、鞄《かばん》で押しつぶしたりされなかっただけよかったのかもしれない。

ボクは、そちら側の扉が開く駅まで無事にいてほしい、そしてその駅で扉が開けば、うまく飛び出してほしいと気を揉んでいた。救出のために席を立って捕まえに行こうかとも思ったが、子ども時代のような自信がなかった。

やがて、その駅についた。ホームで人間たちが待っている。扉が開いた途端に、人間たちの足元のスキをついてトンボは外へとうまく飛び立った。やった〜！　ボクはホッと胸をなでおろした。その駅の名前がまたお誂《あつら》え向きの名前なのだ。「放出（「はなてん」と読む）」である。でもあのトンボ君、悪戦苦闘の後にまったく見知らぬ世界に放出されて、どうしているのかなと思うのだ。

枝にとまりて……

秋色濃い里山。あかとんぼを見かけて、下手な短歌をひとひねり。

あかとんぼ　枝にとまりて　一休み
　風ふく秋の　瞑想のとき

あかとんぼ　しばし枝にて　一休み
　やがて飛び立つ　時のくるまで

ほのかにぞ　ただよい来たる　花の香は
　やさしきひとの　声に似ている

ぞうさんの誇り

ぞうさん
ぞうさん
おはなが　ながいのね
　そうよ
かあさんも　ながいのよ

ぞうさん
ぞうさん
だれが　すきなの
あのね
かあさんが　すきなのよ
　　　　（まど・みちお）

里山の池にカモの親子が気持ちよさそうに浮か

んでいる。まど・みちおさんの歌詞に込められた、深い真実にいまこそ学びたい。

ぞうさんは、「並外れた」鼻をガキどもにからかわれたが、人間の子どもみたいに傷ついたり、へこんだりしない。「そうよ、かあさんもながいのよ（なんか文句あるのか）」と誇らしげだ。

人類の「かあさん」である地球の大自然は、自らの生み出した「いのち」たちが争うことを望んではいない。その「かあさん」の愛を体現しているのが「日本国憲法」なのである。

ぞうさんは、世間並はずれて長い「普通」じゃない鼻をからかわれている。でも、ぞうさんは、それでしょげたり卑屈になったりしない。

「そうよ、かあさんも長いのよ」と愛するかあさんと同じ自分をそのまま受け入れ、肯定している。これこそボクのいう「自分が自分であって大丈夫」という自己肯定感の歌なのだ。

一日一日まっさらな自分

まど・みちおさんは書いておられる。

「一日として同じだと思う景色はないいんです。必ず何か新発見みたいなものがある。小さいことでもね。ほんとに驚くばっかりです」。新鮮！　すなおでまっさらな心。一日一日まっさらな自分。主客に分かれる以前の実物のいのち。自他一体、「いのち相場」でみれば、まっさらな自分はまっさらな他者・他物。まっさらな他者・他物はまっさらな自分。わたし「ただいま参上（誕生）しました」。

そんなふうに世界と向き合えれば――正確には相対して向き合うのではない。一体だから、そこに還るのだ。抱かれに還るのだ。「いのちの実物」に還るのだ……。人間は「社会内存在」だから、エゴという気球に乗って、すぐに「いのちの実物」の大地から「世間相場」の浮世に浮き上がる。

「いのちの実物」に還る

内山興正老師も教えてくださった。舞い上がった浮き世から「いのちの実物」の世界に還る。瞬間、瞬間、何度でも還る。座禅とはそういうことだと。

「私たち人間がこうして毎日生きているのが私にはなんとも不思議なことに思えます。私たちといっしょに私たちの兄弟として、数かぎりない動物と植物が生きているのも、ほんとうに不思議です」。

なぜボクはここに、いま生きて存在しているのだろう？

他の数限りない生きものたちと。それはほんとうに不思議なことであり、奇蹟のようなものだ。まっさらな心、まっさらな目でみれば、そう感じる。

沈黙の壁の向こう側

今、ボクが気になっていることの一つは、若者や子どもたちの多くが「沈黙の壁の向こう側にいる」ということだ。

子どもや若者たちが、自分の心の中のいろいろなつらい思いやしんどいことを出さなくなっている。言わなくなっている。今のおとなの多くは、こんなに便利になった豊かな世の中で子どもや若者たちはさぞかし幸せに生きているんだろうな……と思い込んでいる。

何がどっこい、ボクみたいにカウンセラーとしてたくさんのしんどいもの、つらいものを抱えて生きている子どもや若者たちと向き合ってきた人間にとっては、「何をおっしゃる、あんた幻見てはるの?」と言いたい気持ちになる。ほんとに本音のしんどいことやつらいことを言ってない。多くの子どもや若者たちが、沈黙の壁の向こう側にいる。そのことにすら気がついていないおとなたちがたくさんいらっしゃる。

ボクが一番気にしているのが、自分の心中の思い、本当に感じていること、「何か変やなあ、何かけったいやなあ、何かおかしいのと違うか、何か悲しいな、何かつらいなあ、何かむかつくなあ」と心中で思ったり感じたりすることがあっても、それを抑えつけて表現しないということなのだ。

内なるテロリスト

テロ（terrorism）は「恐怖」（terror）を与えて、人を支配するやり方だ。そういうことを「主義」、イズムにしている人たちがいる。その人たちに対する対抗措置として「テロ等準備罪」法が制定された（二〇一七年五月）。いわゆる「共謀罪」法だ。しかし、この法は下手をすると、人々に恐怖心を与えて「内面の自由」を奪う法律になりかねない、あるいはそれが隠された意図ではないかと心配して多くの人たちが反対した。ボクも反対である。

テロは爆弾や銃弾で〝生命《いのち》を奪う〟と脅して人を支配し、いうことをきかせることに限らない。その本質は相手を脅して、自由にものを感じたり、考えたりすることを奪うことにあるとボクは思う。とすれば、いまの社会のそこかしこにテロリストはいる。「しょせん子どもは恐怖心によってしかコントロールできない」などという人はテロリストだ。そんな人が政治家をやっている。教師や親の中にももぐりこんでいるかもしれない。しつけと称して虐待する。

内面の自由を奪うことは、その人の人格を奪うことだ。自由に感じたり、考えたりすることを抜きにして、人格はありえない。気づかずに、人格を奪っていることはいくらでもある。他人事じゃないのだよ。時々、自分の心の中でテロリストが暴れ出すことがある。自分の内なるテロリストこそ怖いのだ。

5 心が「澄む」ということ

「澄む」と「住む」と「済む」

「澄む」とは、濁りや曇りがなくなって、明らめ静まることだ。「住む」とは、居を定め、その一点にながくとどまることだ。「済む」とは、ことが終わり、成就することだ。三字とも同じく「すむ」と読むだけに共通するところがある。

最近、本来は「すみません」というべきところを「スイマセン」という人が多くなって気が済まない。気が済むとは気が晴れるということだ。「すみません」とは、借りができてお返しすることを「済ませて」ないことをいう。それを「スイマセン」では「済まん」だろう。

こんな滑ったような物言いの心は「済んで」ないし、「澄んで」ないし、心が一点に据わっていないのではないか。

自己肯定感は愛でふくらむ「浮袋」

「自己肯定感を高める」と、まるで資質や能力を高めるかのようにいう人がいる。それは違う。自己肯定感はいのちに備わっている「浮袋」のようなものだ。生きづらさの海で溺《おぼ》れる人に投げられた浮袋。「愛の息吹」をいっぱい吹き込まれてふくらむ浮袋だ。

それを抱きしめていれば、冷たい荒波のような人生も溺れずに生きていける。そう、「高め」るのではなく、「抱く」ものなんだ。抱きしめれば、自分が抱かれ「よしよし」と言われ、安心できるもの。「よしよし」は評価ではない。共感とゆるしであり、愛。この浮袋があれば「自分が自分であって大丈夫」と思える。「大きないのち」の「分けいのち」である私たちには、それが備わっている。ただ、愛を吹き込まれてふくらんでないだけだ。

羽化しそこなったセミを見た。伸び切らない羽根を震わせ、か細い脚を踏みしめている。空に飛び立つことはないが、いのち一杯生きている。精一杯生きろよ。

心が澄むとき

心はピタッと安心して落ち着く境地を求めて、コロコロと転がる。だから「ココロ」というらしい。

昔、コマを回してよく遊んだ。コマが一点で静止して回ることを「澄む」といった。バランスの悪いコマは落ち着かず、最後まであちこち飛び回り、走り回って倒れた。そんなコマを「ガー」といった。

今思えば、人の心にも「澄む」ときと「ガー」のときがある。「ガー」とは「我ー」なのかもしれない。カウンセリングでもそれを経験することがある。こちらの一言が「ああ！　それ！」と相手の心にストンとおちる。ストンと腑《ふ》に落ちると相手の心が澄む。今まで、不満や不安で騒いでいた心が落ち着いてしまう。

なぜだろう？　何が起こったのか？

一つの比喩《ひゆ》的表現がそれをもたらすこともある。イメージをもって実感としてわかるときに心が澄む。たとえば、親がわが子の不登校の状態を受けいれられないとき。ボクは不登校の状態を「クルマで高速道路を走っている人がドライブインに入って休息している状態」にたとえて説明する。そうすると「なるほど！　そうなのだ」と腑に落ちることがある。そうなると「不登校状態」を心から受けいれられる。

「神様わたしにお与えください、変えられるものを変える〝勇気〟と変えられないものを受けいれる〝落ち着き〟を」。その〝落ち着き〟だ。変えられないものを変えようとしないで受けいれる。変即、落ち着きなのだ。「我」に振り回されて、右往左往することはなくなる。

苦があっても苦にならない境地

苦があっても苦にならない。この境地に入ることができるようになった。

座って祈ることを続けてきた褒美なのだろうか。ボクにも人並みに、いろいろな苦がある。物覚えがわるくなった、すぐに忘れる、本を読んでもなかなか呑み込めない。すぐに疲れる。足腰が弱くなり、以前のようにスタスタ歩けない。バランスが悪くて、すぐにふらつく。耳が聞こえない。家族が言ったことが、ボクには聞こえてない。思い込みと錯覚が多くなる。三月《みつき》に一回診察をうけて、マーカーの値を点検しないといけない。

しかし最近、ボクにはそんなことがたいして苦にはならない。不思議なものだ。先にあげた

ようなことだって、人によってはぶつぶつと不満を言いたくなるような立派な苦の種でありえるだろう。「苦」とは思いどおりにならないことだ。
だがボクは、それを苦にしない。何も無理をして、苦にしないということではない。苦にならないのだ。
どうしてか？　「あるがまま」を受けいれ、それを引き受けて生きることが、いつも新たなこれまで体験したことのない未知の世界を拓いてくれるからだ。自分に寄り添って生きている自分が言うのだ。「おい、こんな体験いままでにしたことがあるか？　おもしろいなあ。これもまた味わい深い世界だなあ」「うんうん、そうだねえ」。そんな会話を自分自身と交わしながら生き続けることができれば、幸せなことだ。

対馬で手に入れた地図

長崎県の対馬《つしま》に行った時、こんな地図を手に入れた。

ユーラシア大陸から日本海や日本列島をながめるような構図になっている。

これで見ると、対馬は韓国に本当に近いねえ。韓国から五〇キロ足らず、フェリーで一時間ほど。

だから、対馬では韓国からの観光客によく出会った。聞けば日本からの観光客よりも多いという。

朝鮮や中国などアジア大陸に住む人たちの側に立って見れば、こんなふうに見えるのだねえ。

日本では太平洋岸が「表日本」、日本海側が「裏日本」となっている。だから、日本から見れば朝鮮や中国は「裏側」にあるという感じだが（大陸との関係で言えば、「裏日本」と言われている方が、玄関の方で、表なんだけどね）、朝鮮や中国側から見れば、その表側というか、玄関の方に日本がある。朝鮮や中国から見れば玄関口を日本に塞がれている感じがしないでもない。

その日本が軍事大国になれば、表側の玄関口からピストル突きつけられているようで相当の威圧感を感じるだろうなあ。玄関側に、日本列島、薩南《さつなん》、奄美、沖縄、宮古《みやこ》、八重山《やえやま》の諸島や列島がつづき台湾に至る鎖状のフェンスみたいに日本がある。その中でも沖縄にアメリカ軍がデンと構えて睨《にら》みを利かしている。相当鬱《うつ》陶《とう》しい圧迫感を感じるだろう

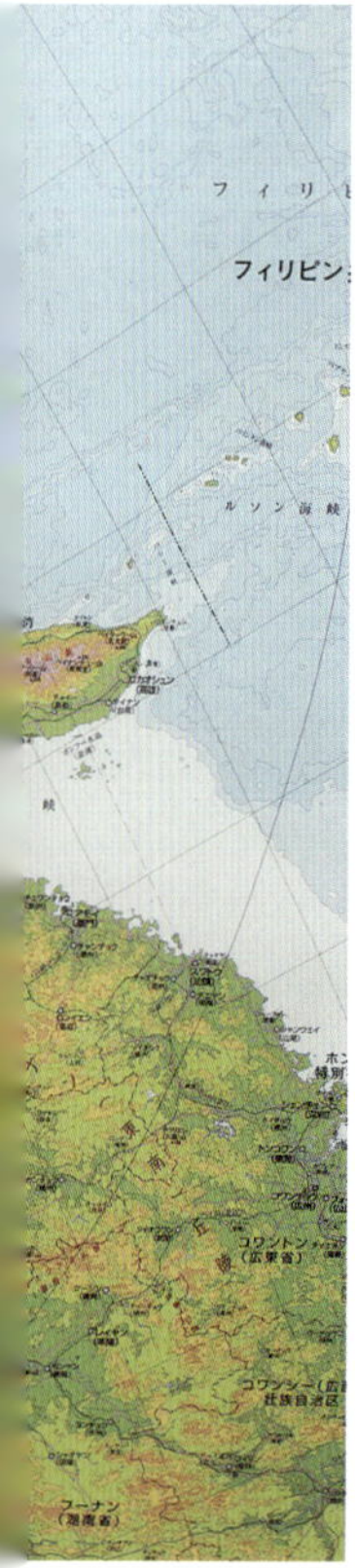

なあ。自分の側からばかりものを見ていては見えないものがやはりあるねえ。

　相手の側に立てば、世界がどのように見え、それがその心にどのように感じられるか？〝それを見てみよう、感じてみようとする目が「共感の目」なんです〟なんて、よく講演でしゃべっていたけれど、この地図はそのことをよく教えてくれるなあ。

カウンセラーの仕事

お月様には、いろいろな物語があるようだ。小川未明という童話作家の「月とあざらし」（一九二六年）もその一つである。ここに登場するお月様は、ボクのようにカウンセリングをしてきた人間には、とても心に残る印象深いお月様だ。

銀色に凍った北の海で一匹のあざらしが懸命にわが子を探している。あざらしから最初に子どもの行方を尋ねられた風は、「子どもは人間につかまってしまっただろうから、あきらめろ」と言う。でもあざらしはあきらめることはできない。繰り返しわが子のことを考え続ける。月は十分に承知している。子どもは見つからないこと、親の元に帰ってこないことを。そして、ただ月にできることは、ひたすら心をこめてあざらしのさびしさ、悲しみを受け止め、分かち合うことだけだ。月は南の野原で拾ってきた太鼓をあざらしにあげる。

それからは、あざらしの打つ太鼓の響きが、海の波間からずっと聞こえてくる。あざらしは黙々と太鼓を打つことで子どもを失ったことを受けいれ、絶望を超えていく。

氷山の氷が解けていくように、あざらしの凍てついた悲しみの心がわずかずつ、ひそかに解けていく。月は太陽の光の届かない暗い夜の世界に、その光を反射する鏡になって光を送り届ける。それがカウンセラーの仕事のように思う。

理想と現実を結ぶもの

日本が「平和憲法で生きる」というのは、理想なのだ。現実の国際情勢では、「力と力の均衡で平和が守られている」と見るのが普通なのかもしれない。そんなことはわかりきったことだ。それもわからずに、理想だけでモノを判断している人間は能天気すぎる……多くの人がそう思っている。どう考えても、理想を信じて生きている人間は少数派にみえる。だから、理想と現実の間をどうやって埋めるのか、繋《つな》ぐのかということを考えないといけない。

かけ離れた現実と理想の間をつなぐのは何か。ボクは愛だと思う。べつに洒落《しゃれ》で言っているわけではない。本気で言っているのだ。

理想と現実の間に愛が働けば、両者はいずれ結ばれる。宇宙はそのようにできているのだ。陰と陽、マイナスとプラスはひかれあう。国と国の関係の場合は、その愛を働かせるのは人間だ。人々が愛をもって世界の現実に向き合うなら、理想と現実は、必ずやがて一緒になる。そういうふうに宇宙はできている。

花は蝶に憧れ、蝶は花に還る

初めから現実が理想であり、理想が現実であるのなら、何にも面白くない。ボクたちが生きているドラマは必要ないということになる。理想と現実が初めから一緒なら、なぜ人間が生まれ、こんなに苦労して徒労の多い人生を情熱をもって生きなければならないのか。

花と蝶がいてひかれあわないと面白くないではないか。蝶と花のように現実と理想はひかれあう。そうでないと面白くないでしょう。

人生は、届かぬものへの憧れ、懐かしいものへの回帰の物語。花は蝶に憧れ、蝶は花に還るのだ。

おわりに

私は一九四四年に日本の高知に生まれた。その当時、日本は太平洋戦争の最中で敗色濃く、カミカゼ特攻隊が飛び立つ国だった。私はそういう国（社会）に生まれた。すでに長い歴史をもってそこに存在したそういう社会という舞台にオギャアと叫んで登場した。

そして、私はその社会という舞台で一人の人間として「自我」をもって七四年間生きてきた。その私がいずれ死ねば、その社会という舞台から何十億分の一の一人が退場することになる。つまり、ワン・オブ・ゼムが社会から姿を消すのだ。ふつうはそう思う。

それは、自分を「社会内存在」としてみたときの話だ。だが、同じ自分を、「宇宙内存在」として生まれた「いのち」としてみたときには、わたしはそうは思えない。宇宙内存在として宇宙から「いのち」を与えられたわたしは、単なる「社会内存在」としての私ではない。いのちはその周囲の世界と切り離せない。いのちは周囲の世界を全身で感じつつ、その世界と切り離しがたく一体で生きている。

その世界はこのわたしの世界だ。自我と対象世界に全体を二分して「客観的」な見方に立てば、人々はみな同じ世界をみて同じ世界に生きているようにみえる。だが実際は、一人ひとりが自分と一体の違う世界を生きている。それはそれぞれの人がその人にしか生きられないかけがえのない世界なのだ。

いのちとしてのわたしは、わたしとつながる生きものたちや人々、森羅万象と分かちがたく結びついて存在する。それらの存在を抜きにしてわたしは存在しない。だからわたしの人生の終わりとともに、このわたしの人生と一体のかけがえのない人々や生きものたち、森羅万象も、ある意味では一緒に消え去る。つまりいのちとしてのわたしが生きる世界は一分の一、一切《いっさい》分の一切の世界。つまりオンリー・ワンの世界なのだ。

わたしはわたしの世界をそのように理解するゆえに、かけがえのないこのわたしの世界をつくり彩るこれらの人々や生きものたち、森羅万象をこよなく愛する。それはまさに、わたしがわたしを愛することなのだ。わたしが生きるこのかけがえのない世界＝わたしだからである。

恥ずかしながらこのフォトエッセイは「宇宙内存在」としての「わたし」と「社会内存在」としての「私」が生きる「楕円形」をしたその世界の断片的で拙い表現である。この作品をこのようにみていただければわたし（私）はとてもありがたく思う。

高垣忠一郎（たかがき　ちゅういちろう）
心理臨床家。1944年高知県生まれ。1968年京都大学教育学部卒。専攻は臨床心理学。京都大学助手、大阪電気通信大学教授、立命館大学大学院教授などを歴任（2014年３月退職）。登校拒否・不登校問題全国連絡会世話人代表。
主な著書に『生きることと自己肯定感』『競争社会に向き合う自己肯定感』『揺れつ戻りつ思春期の峠』『登校拒否を生きる』『生きづらい時代と自己肯定感』『つい「がんばりすぎてしまう」あなたへ』（いずれも新日本出版社）、『自己肯定感って、なんやろう？』（かもがわ出版）、『癌を抱えてガンガーへ』（三学出版）など。

自己肯定感《じここうていかん》を抱《だ》きしめて——命《いのち》はかくも愛《いと》おしい

2018年 8 月10日　初　版

写真・文　高　垣　忠　一　郎
発 行 者　田　所　　　　稔

郵便番号　151-0051　東京都渋谷区千駄ヶ谷 4-25-6
発行所　株式会社　新日本出版社
電話　03（3423）8402（営業）
03（3423）9323（編集）
info@shinnihon-net.co.jp
www.shinnihon-net.co.jp
振替番号　00130-0-13681
印刷・製本　光陽メディア

落丁・乱丁がありましたらおとりかえいたします。

© Chuichiro Takagaki 2018
JASRAC 出 1807268-801
ISBN978-4-406-06274-9 C0095　Printed in Japan

本書の内容の一部または全体を無断で複写複製（コピー）して配布することは、法律で認められた場合を除き、著作者および出版社の権利の侵害になります。小社あて事前に承諾をお求めください。